La gloire de mon père

FichesdeLecture.com

La gloire de mon père
(Fiche de lecture)

I. INTRODUCTION

C'est un roman autobiographique de Marcel Pagnol paru en 1957, le premier tome de la série « Souvenirs d'enfance ». Dans sa préface, l'auteur déclare : « *Dans ces "Souvenirs", je ne dirai de moi ni mal ni bien ; ce n'est pas de moi que je parle, mais de l'enfant que je ne suis plus. C'est un petit personnage que j'ai connu et qui s'est fondu dans l'air du temps, à la manière des moineaux qui disparaissent sans laisser de squelettes. D'ailleurs, il n'est pas le sujet de ce livre, mais le témoin de très petits événements.* »

Dans ce premier volet de « Souvenirs d'enfance, l'auteur nous décrit son enfance et les personnes autour de lui à cette époque ainsi que le petit monde provençal, animé par la vivacité de ses souvenirs, embellis par le temps et l'imagination. Il parle de l'amour d'un fils pour ses parents et de son bonheur de vivre dans une famille unie.

En 1990, l'œuvre a été adaptée au cinéma par Yves Robert.

II. RÉSUMÉ DU ROMAN

« *Je suis né dans la ville d'Aubagne, sous le Garlaban couronné de chèvres, au temps des derniers chevriers* » annonce l'auteur avant de présenter avant de nous raconter quelques moments heureux de son enfance. Le petit Marcel Pagnol nait en 1895.

Il fut très marqué par la personnalité de son grand-père paternel qui avait l'amour de la pierre, était tailleur de pierres, mais était persuadé que seule l'instruction apporte le bonheur dans la vie. Tous ses fils sont entrés dans l'enseignement. Joseph, le père de Marcel épousa Augustine, une couturière puis il fut nommé à Aubagne où la petite famille resta trois ans.

Puis à Saint-Loup, près de Marseille, il s'aperçut que le petit Marcel était très doué pour son âge. Il restait parfois dans la classe paternelle quand sa mère allait au marché. Un jour, alors qu'il n'avait pas encore quatre ans, il réagit à la phrase « *Le petit garçon a désobéi et sa maman l'a puni* » écrite au tableau en s'écriant : « *Ce n'est pas vrai !* » Son père, surpris, vérifia ses connaissances en lecture et constata qu'il lisait couramment, qu'il avait appris seul, assis au fond de la classe.

Il eut très tôt le goût des mots : « *Ce que j'écoutais, ce que je guettais, c'était les mots : car j'avais la passion des mots ; en secret, sur un petit carnet, j'en faisais une collection, comme d'autres font pour les timbres. J'adorais grenade, fumée, bourru, vermoulu et surtout manivelle, et je me les répétais souvent, quand j'étais seul, pour le plaisir de les entendre.* »

Un petit frère, Paul, naquit. Le père bénéficia d'une nomination à Marseille. Tous les dimanches, la tante Rose emmenait Marcel au célèbre parc Borély où il prenait plaisir à nourrir les canards. Un jour, un monsieur « bien mis » occupa leur banc habituel, ce qui fâcha l'enfant. Mais la tante, polie, engagea la conversation avec l'« intrus ».

Les dimanches suivants, ils continuent à fréquenter l'habitué du banc et tante Rose le présente comme étant le directeur du parc, ce qui rend Marcel très docile et très fier. Mais lorsque la tante annonça son mariage avec le voisin du banc, il apprit que c'était un simple fonctionnaire et se rendit compte pour la première fois que les adultes peuvent mentir.

Cet oncle Jules, natif du Roussillon, « allait à la messe », était même un fervent catholique. Ce qui l'opposait à Joseph, instituteur républicain laïque et anticlérical, mais il y avait une amitié sincère entre eux. La tante Rose mit une petite fille au monde.

Les deux beaux-frères louèrent pour l'été "La Bastide neuve", au village de La Treille, une « *villa dans la colline, juste au bord d'un désert de garrigue qui va d'Aubagne jusqu'à Aix* », dans le massif de l'Étoile. Marcel aimait profondément cet endroit qui lui permit de « *vivre les plus beaux jours de ma vie* ». Le père herborisait dans les collines, rapportait des insectes rares que lui et son jeune frère observaient ou « torturaient ». Ils cueillaient les olives, faisaient des parties de chasse aux escargots, posaient des pièges, couraient les bois.

L'ouverture de la chasse fut longuement préparée et l'oncle Jules, chasseur émérite, initia le père, qui était novice, ce qui vexa Marcel. Il voulait les accompagner, mais ils refusèrent. À quatre heures du matin, il les suivit à pas de loup, enragea parce que l'oncle réussit de bonnes prises : des grives, des perdrix, des lièvres… Mais il savait que son grand rêve, c'était d'abattre la perdrix royale, dite « bartavelle » en provençal.

Dans un vallon, il perdit leur trace, essaya de s'orienter suivant le soleil ou en appliquant des trucs d'Indiens. Enfin, le soir, il entendit des coups de feu et deux énormes volatiles s'abattirent à ses pieds : les perdrix royales, les fameuses bartavelles ! C'était son père qui les avait tuées, qui était l'auteur d'un magnifique « coup du roi », il devint un héros local, pour la plus grande fierté de son fils qui apparut avec le butin qui était « la gloire de son père ».

III. PRÉSENTATION DES PERSONNAGES

Marcel

« Je triomphai de la règle de trois, j'appris - avec une joie inépuisable - l'existence du lac Titicaca, puis Louis X le Hutin, hibouchougenou et ces règles désolantes qui gouvernent les participes passés. Mon frère Paul, de son côté, avait jeté son abécédaire, et il abordait le soir dans son lit, la philosophie des "Pieds Nickelés". Une petite sœur était née, et tout justement pendant que nous étions tous les deux chez ma tante Rose, qui nous avait gardés deux jours, pour faire sauter les crêpes de la Chandeleur. Cette invitation malencontreuse m'empêcha de vérifier pleinement l'hypothèse audacieuse de Mangiapan, qui était mon voisin en classe, et qui prétendait que les enfants sortaient du nombril de leur mère. Cette idée m'avait d'abord paru absurde : mais un soir, après un assez long examen de mon nombril, je constatai qu'il avait vraiment l'air d'une boutonnière, avec, au centre, une sorte de petit bouton : j'en conclus qu'un déboutonnage était possible, et que Mangiapan avait dit vrai. »

Le jeune Marcel est doué pour son âge, dès quatre ans il sait déjà lire, il a appris tout seul en assistant à la classe paternelle. Il porte une immense admiration à son grand-père, mais surtout à son père. C'est un garçon volontaire et déterminé.

Le grand-père

Il était tailleur de pierres. Il était petit, mais large d'épaules, et fortement musclé : *« Lorsque je l'ai connu, il portait de longues boucles blanches qui descendaient jusqu'à son col, et une belle barbe frisée ».* Ses traits étaient fins, mais très nets, et ses yeux noirs brillaient comme des olives.

Il exerçait une grande autorité sur ses enfants, ses décisions étaient sans appel. Mais ses petits-enfants tressaient sa barbe, ou lui enfonçaient, dans les oreilles, des haricots : « *Il me parlait parfois, très gravement, de son métier, ou plutôt de son art, car il était maître appareilleur* ».

Il n'estimait pas beaucoup les maçons : « *Nous, disait-il, nous montons des murs en pierres appareillées, c'est-à-dire qui s'emboîtent exactement les unes dans les autres, par des tenons et des mortaises, des embrèvements, des queues d'aronde, des traits de Jupiter... Bien sûr, nous coulions aussi du plomb dans des rainures, pour empêcher le glissement. Mais c'était incrusté dans les deux blocs, et ça ne se voyait pas ! Tandis que les maçons ils prennent les pierres comme elles viennent, et ils bouchent les trous avec des paquets de mortier... Un maçon, c'est un noyeur de pierres, et il les cache parce qu'il n'a pas su les tailler* »

Joseph

Il était le cinquième enfant du tailleur de pierres de Valréas, prés d'Orange. La famille y était établie depuis plusieurs siècles. Ils venaient peut-être d'Espagne : « *j'ai retrouvé, dans les archives de la mairie, des Lespagnol, puis des Spagnol* ». C'est un instituteur laïc, utopiste et républicain.

Il est brun, de taille médiocre, sans être petit : « *Il avait un nez assez important, mais parfaitement droit, et fort heureusement raccourci par sa moustache et ses lunettes, dont les verres ovales étaient cerclés d'un mince fil d'acier. Sa voix était grave et plaisante et ses cheveux, d'un noir bleuté, ondulaient naturellement les jours de pluie* ».

Il rencontra un jour une couturière brune, Augustine, il l'épousa rapidement : « *Je n'ai jamais su comment ils s'étaient connus, car on ne parlait pas de ces choses-là à la maison. D'autre part, je ne leur ai jamais rien demandé à ce sujet, car je n'imaginais ni leur jeunesse ni leur enfance. L'âge de mon père, c'était vingt-cinq ans de plus que moi, et ça n'a jamais changé. Je sais seulement qu'Augustine fut éblouie par la rencontre de ce jeune homme à l'air sérieux, qui tirait si bien aux boules, et qui gagnait infailliblement cinquante-quatre francs par mois. Elle renonça donc à coudre pour les autres, et s'installa dans un appartement d'autant plus agréable qu'on n'en payait pas le loyer. Dans les mois qui précédèrent ma naissance, comme elle n'avait que dix-neuf ans – et elle les eut toute sa vie – elle conçut de graves inquiétudes, et déclara en sanglotant que son bébé ne naîtrait jamais, parce qu'elle "sentait bien qu'elle ne savait pas le faire". Mon père essaya de la raisonner. Mais alors, elle disait, furieuse : "Quand je pense que c'est toi qui m'as fait ça !*

Effrayé par ce comportement déraisonnable, mon père appela au secours sa sœur aînée. C'était elle qui l'avait élevé. La grande sœur fut tout à fait ravie, et décida qu'il fallait sur-le-champ installer ma mère chez elle, sur le bord de la mer latine : ce qui fut fait le soir même.

Joseph venait tous les samedis, sur la bicyclette du boulanger leur apporter des croquants aux amandes, des tartes à la frangipane, et un sachet de farine blanche pour faire des crêpes ou des beignets. Au petit matin du 28 février, elle fut réveillée par quelques douleurs : "Il faut que l'enfant naisse à la maison ! Il faut que Joseph me tienne la main ! Marie, Marie, partons vite ! Je suis sûre qu'il veut sortir !" ».

IV. AXES DE LECTURE

La description de la Provence

La nature provençale est le terrain de jeu du jeune Marcel. Il parvient à épanouir peu à peu sa personnalité, celle d'un fils aîné de Provence, passionné par la lecture et les aventures dans les collines, partagé entre son amour exclusif pour la belle couturière, éternelle jeune fille incarnée par Augustine, une mère tendre et discrète, et l'admiration pour son père. Il raconte avec beaucoup de tendresse son enfance, mais surtout ses premières grandes vacances passées à la Bastide en famille.

Dans ce roman, Pagnol fait découvrir au lecteur les charmes de la Provence et les caractères des Provençaux en utilisant des expressions vivantes et un dialogue vif. La nature joue un rôle important dès les premières phrases du roman et elle forme le cadre dans lequel l'action se déroule : les vacances d'été dans la villa Bastide Neuve où il a passé les plus beaux jours de sa vie, les aventures du petit Marcel et de son frère Paul dans les collines où ils découvrent les plantes et les insectes et jouent aux Indiens, et finalement, le fameux épisode de chasse avec son père Joseph et son oncle Jules.

La description de la nature et des paysages est très précise, cette œuvre représente une ode à la Provence : « *Le mulet fut remis entre les brancards, et nous sortîmes du village : alors commença la féerie et je sentis naître un amour qui devait durer toute ma vie. Un immense paysage en demi-cercle montait devant moi jusqu'au ciel : de noires pinèdes, séparées par des vallons, allaient mourir comme des vagues au pied de trois sommets rocheux. Autour de nous, des croupes de collines plus basses accompagnaient notre chemin, qui serpentait sur une crête entre deux vallons. Un grand oiseau noir, immobile, marquait le milieu du ciel, et de toutes parts, comme d'une mer de musique, montait la rumeur cuivrée des cigales ».*

La description de la nature est riche en plantes et en animaux : « *Il y avait aussi des amandiers d'un vert tendre, et des abricotiers luisants. Je ne savais pas les noms de ces arbres, mais je les aimai aussitôt. Entre eux, la terre était inculte, et couverte d'une herbe jaune et brune dont le paysan nous apprit que c'était de la « baouco ». [...] C'est là que je vis pour la première fois des touffes d'un vert sombre qui émergeaient de cette « baouco » et qui figuraient des oliviers en miniature. Je quittai le chemin, je courus toucher leurs petites feuilles. Un parfum puissant s'éleva comme un nuage, et m'enveloppa tout entier. C'était une odeur inconnue, une odeur sombre et soutenue, qui s'épanouit dans ma tête et pénétra jusqu'à mon cœur. C'était le thym, qui pousse au gravier des garrigues ».*

L'admiration de la figure paternelle

Le personnage central du récit est le père, Joseph le maître d'école, soi-disant anticlérical et antialcoolique, mais profondément humain à qui il vouait une admiration sans bornes. Il était comme ébloui lorsqu'il le suivait par la garrigue matinale. Il ne deviendra complètement son héros qu'en lui prouvant qu'il aime autant que lui ses chères collines, glorifié par un exploit de chasse.

Il raconte les exploits de son père comme la victoire au concours de boules, le coup du roi, le serpent de pétugues tout ce qui fait de son père un héros est probablement remanié par l'auteur afin de rendre la tonalité qu'ils avaient pour l'enfant qu'il était.

En plus de raconter « une histoire à ses petits-enfants », comme il l'indique en préface, Marcel Pagnol rend ici un hommage tardif à son père en le réhabilitant. En effet, quatre ans après le décès de sa mère, Joseph se remarie ce que Pagnol n'accepta jamais. Joseph meurt en 1951 brouillé avec son fils. La publication de la gloire de mon père en 1957 peut donc apparaître à la fois comme une réconciliation posthume et un acte de tolérance « après-coup » entre le père et le fils.

LE CARACTÈRE AUTOBIOGRAPHIQUE

Ce premier volet de « Souvenirs d'enfance », est plein d'affection pour les personnes qu'il décrit et qui ont compté pour lui et pour le petit monde provençal. Ces souvenirs semblent embellis par le temps et l'imagination, il nous décrit le bonheur de vivre dans une famille unie, il considère lui-même avoir vécu une enfance privilégiée grâce à l'affection de ses parents et au contact de la nature provençale. Le lecteur envie ce petit garçon qui naît dans la merveilleuse Provence, à une époque où le tourisme n'était pas ce qu'il est.

La famille compose un groupe très uni, ces êtres réels, il les a aimés, mais avec le temps ils se sont transformés en personnages. L'auteur a d'ailleurs dit : « *Si j'avais été peintre je n'aurais fait que des portraits* », il nous présente ici des personnages de son enfance qui restent merveilleusement vivants. On ressent une idéalisation discrète du temps de jadis

Marcel Pagnol a prétendu peindre une enfance universelle : « *Pour moi, j'ai préféré vous raconter l'enfance d'un petit garçon, qui fut aussi celle de vos grands-mères, et qui n'est peut-être pas très différente de la vôtre, car les petits garçons de tous les pays du monde et de tous les temps ont toujours eu les mêmes problèmes, la même malice, les mêmes amours* ».

Enfin, la réconciliation du clergé et de l'école laïque et la leçon de sagesse humaine que l'enfant en tire, c'est la morale qui sert de dénouement au livre.

Dans la même collection en numérique

Les Misérables

Le messager d'Athènes

Candide

L'Etranger

Rhinocéros

Antigone

Le père Goriot

La Peste

Balzac et la petite tailleuse chinoise

Le Roi Arthur

L'Avare

Pierre et Jean

L'Homme qui a séduit le soleil

Alcools

L'Affaire Caïus

La gloire de mon père

L'Ordinatueur

Le médecin malgré lui

La rivière à l'envers - Tomek

Le Journal d'Anne Frank

Le monde perdu

Le royaume de Kensuké

Un Sac De Billes

Baby-sitter blues

Le fantôme de maître Guillemin

Trois contes

Kamo, l'agence Babel

Le Garçon en pyjama rayé

Les Contemplations

Escadrille 80

Inconnu à cette adresse

La controverse de Valladolid

Les Vilains petits canards

Une partie de campagne

Cahier d'un retour au pays natal

Dora Bruder

L'Enfant et la rivière

Moderato Cantabile

Alice au pays des merveilles

Le faucon déniché

Une vie

Chronique des Indiens Guayaki

Je voudrais que quelqu'un m'attende quelque part

La nuit de Valognes

Œdipe

Disparition Programmée

Education européenne

L'auberge rouge

L'Illiade

Le voyage de Monsieur Perrichon

Lucrèce Borgia

Paul et Virginie

Ursule Mirouët

Discours sur les fondements de l'inégalité

L'adversaire

La petite Fadette

La prochaine fois

Le blé en herbe

Le Mystère de la Chambre Jaune

Les Hauts des Hurlevent

Les perses

Mondo et autres histoires

Vingt mille lieues sous les mers

99 francs

Arria Marcella

Chante Luna

Emile, ou de l'éducation

Histoires extraordinaires

L'homme invisible

La bibliothécaire

La cicatrice

La croix des pauvres

La fille du capitaine

Le Crime de l'Orient-Express

Le Faucon malté

Le hussard sur le toit

Le Livre dont vous êtes la victime

Les cinq écus de Bretagne

No pasarán, le jeu

Quand j'avais cinq ans je m'ai tué

Si tu veux être mon amie

Tristan et Iseult

Une bouteille dans la mer de Gaza

Cent ans de solitude

Contes à l'envers

Contes et nouvelles en vers

Dalva

Jean de Florette

L'homme qui voulait être heureux

L'île mystérieuse

La Dame aux camélias

La petite sirène

La planète des singes

La Religieuse

À propos de la collection

La série FichesdeLecture.com offre des contenus éducatifs aux étudiants et aux professeurs tels que : des résumés, des analyses littéraires, des questionnaires et des commentaires sur la littérature moderne et classique. Nos documents sont prévus comme des compléments à la lecture des oeuvres originales et aide les étudiants à comprendre la littérature.

Fondé en 2001, notre site FichesdeLectures.com s'est développé très rapidement et propose désormais plus de 2500 documents directement téléchargeables en ligne, devenant ainsi le premier site d'analyses littéraires en ligne de langue française.

FichesdeLecture est partenaire du Ministère de l'Education du Luxembourg depuis 2009.

Plus d'informations sur www.fichesdelecture.com

ISBN: 978-2-511-02946-6

Notes :